KB064455

물골, 그 집

b판시선 031

최성수 시집

# 물골, 그 집

도서출판 b

　　몸이 아프고 나서 짐을 꾸리는 대신 꽃을 키우기 시작했다.
　　내 짐 보따리에서는 상사화가 피고, 수선화가 돋고, 바람이 불어왔다.
　　그냥 뜻 없이 앉아 있어도 구름이 산 너머에서 흘러와 봉우리 저편으로 지나갔다.
　　내 시간들도 그렇게 지나가는 것이리라.

　　머문다는 말의 이면에는 늘 떠난다는 의미가 숨어 있다.
　　세상 모든 존재는 '천천히 떠나기' 위해 서 있을 뿐이다.

　　바람이 분다, 또 한 시절이 흔들리고 있다.

보리소골, 길이 끝나는 골짜기에서
최성수

| 차 례 |

제 1 부

# 시판돈* 작은 섬으로 가겠네

일상의 잡사에서 벗어나면 나는
메콩으로 가리, 라오스 남쪽
사천 개의 섬이 있는 그곳에서
손바닥만 한 섬 두어 개에 터 잡으리

섬 하나에 망고나무 한 그루 심고,
다른 섬에는 풀로 집 한 채 엮으리
처마 끝에 메콩 물줄기 매달아놓고
흘러가는 것들은 얼마나 넉넉한지
바라보고만 있으리
노을 질 무렵 천천히
쪽배를 몰아 망고나무 섬으로 건너가리
노랗게 익어가는 망고 그늘에 앉아
스러지는 것들도 충분히 아름답다고
홀로 중얼거리면, 하루가 느릿느릿 지나가리
거기 시판돈 사천 개 섬 중
가장 작은 섬에 도둑처럼 스며들어

먹먹하게 남은 시간들을 바라보고만 있으리

세속의 짐 다 버려도 된다면 나는
메콩 시판돈 작은 섬으로 가리

* 시판돈: 라오스 남부의 섬. 4,000개 섬들이 모여 있는 곳이라는 뜻으로, 손바닥만
  한 섬도 숱하게 많다.

# 북정*, 흐르다

천천히 흐르고 싶은 그대여,
북정으로 오라
낮은 지붕과 좁은 골목이 그대의
발길을 멈추게 하는 곳
삶의 속도에 등 떠밀려
상처 나고 아픈 마음이 거기에서
느릿느릿 아물게 될지니


넙죽이 식당 앞 길가에 앉아
인스턴트커피나 대낮 막걸리 한잔에도
그대, 더없이 느긋하고 때 없이 평안하리니


그저 멍하니 성 아래 사람들의 집과
북한산 자락이 제 몸 누이는 풍경을 보면
살아가는 일이 그리 팍팍한 것만도 아님을
때론 천천히 흐르는 것이
더 행복한 일임을 깨닫게 되리니

북정이 툭툭

어깨를 두드리는 황홀한 순간을 맛보려면

그대, 천천히 흐르는 북정으로 오라

* 북정: 한양도성의 성북동에 있는 오래된 성곽 마을.

# 모슬포 국숫집

모슬포 항에 가면 그대
고기 국숫집에 들러야 해요
젖은 항구와 흐린 하늘
그대의 결핍보다 더 큰 바람
걸어온 길은 거기 어디쯤에서
파도 너울 속으로 숨어들고
걸어갈 길은 더 막막한
풍경 너머로 흩어지는데
콧수염을 멋지게 기른 사내가
당신의 흔적들을 사발에 얹어 내오는 곳
입에 넣자마자 스르르 녹아버리는 근심
혹은 뜨끈한 국물에 훌훌 넘어가는 우울
모슬포 항에 가면 그대
국숫집에서 길게
숨 한번 몰아쉬고 일어나요
일어나 천천히 낡은 어선 사이를 걸으면
흐린 하늘 너머 느린 햇살이

문득 다가올 거예요

# 문득, 봄

천천히, 느릿느릿

쥐 잡는 고양이처럼
살금살금

여든쯤 된 할머니
아침 자시고 나온 마실길
햇살보다 느적느적 떼놓는
걸음처럼

잎 돋는다
조팝나무 걸어온다

# 자작나무 이파리 흔들리는 날


수업 시작 종 나고
선생님 들어오기 전
여고 2학년 교실처럼


자작나무 잎은 흔들린다


제 몸을 뒤집거나 혹은
쉴 새 없이 재잘거리며
팔랑팔랑 빛나는 청춘


오월, 햇살 속
세상 가장 맑고 신나는


저 소녀들의
한때

# 메콩, 루앙프라방


이 강이 어디서 시작됐는지 나는 모른다


강은 안개에 잠겨 있다
때론 산을 삼키고, 인간의 마을을 휘돌기도 하며
강은 셀 수조차 없는 거리를 달려왔다


한때 이 강의 다른 이름인 란창*에서 헤맨 적이 있었다
무심히 흐르던 시간과 강물과 사람들
나도 그 속에서 천천히 가라앉았었다


느리게 흘러도 이를 곳에는 기어이 닿고 마는
그 강물을 다시 먼 나라 와서 만난다


흐르다 어느 구비에서 아득해지는 인생처럼
이곳에서 강은 찬찬히 사람의 마음을 쓰다듬으며 흐른다


강을 따라 흐르는 일은

내 안으로 난 길을 따라 걷는 것

강물은 흘러가고, 눈 닿는 길은 가없고
나는 그 마음 언저리를 떠돈다

바람이 느릿느릿 분다
나도 천천히 흐른다

* 란창(瀾滄): 중국의 란창강이 라오스로 가서 메콩강이 된다. 라오스 북부의 옛 도시
 루앙프라방을 거쳐 베트남으로 흘러간다.

# 길상사 꽃 공양

길상사에 점심 공양 갔다가

산수유 꽃그늘에 핀 노루귀에 홀려

공양 시간을 놓치고 말았네

둘러보면 곳곳에 피어나는

복수초, 처녀치마, 깽깽이풀

십 년간 돌봐 이렇게 꽃자리 일궜다는

길상사 보살님 웃음이 꽃처럼 곱네

저리 여린 생명 돌기에

십 년은 그저 숨 한번 몰아쉬는 찰나일 뿐

길상사 꽃 공양에 흘러간 시간도

내가 살아가는 세상의 나날도

꽃 잠시 피었다 지는 봄날 하루 같은 것

그 꽃들 보느라

이승의 공양 시간 훌쩍

지나가버리네

# 달랏역*

기차는 끊기고 철길만 남은
달랏역

부겐베리아는
잎도 없이 붉게 피네

낡은 기차 위에서
환하게 웃는 신부

그의 새 삶은
스러지는 세월 속에 핀
저 꽃잎 같을까

기차는 오지 않고
구름만 눈부시네

사진 찍는 아이의 볼우물에

천천히 고여 흐르는

달랏역

* 달랏역: 베트남 남중부 달랏에 있는 역. 기차는 운행하지 않고 프랑스 식민 시대의
  역사만 남아 있다.

# 비어 라오

라오스에 가면 '비어 라오'를 마셔야 해요
체코 기술로 만들었다지만,
비어 라오에서는 라오스의 내음이 나요

잔에 얼음 몇 덩이를 넣고
가득 라오 비어를 따라요

느릿느릿한 라오스 사람처럼
잠시 숨을 고르고 기다려야 해요

한 이삼 분쯤
그 시간
한 생이 지나가고
참파꽃이 피었다 지고
길을 걷던 소녀가 자라 아가씨가 돼요

그리곤 단숨에 잔을 비워야 해요

여전히 얼음 조각은 잔에 남고
머리끝까지 찌를 듯 살아나는
영혼

라오스에 가면 꼭
'비어 라오'를 마실 거예요

먼 땅에 홀로 남아
천천히 그 시간들을 마실 거예요

# 콩로* 동굴 마을의 안개

아침이면 자욱하게 물안개가 피어올랐다

직벽의 벼랑에 나무들은 수직으로 서
안개들을 견뎌내고 있었다

한 청년이 밤새 쳐둔 그물을 거두자
간밤의 시간들이 은빛 비늘을 펄떡이며 안개 속에서 빛나기
시작했다

비로소 개울물이 제 소리를 내며 흐르고
동굴 입구로 햇살이 스며들었다

물은 수직의 나무와 깎아지른 벼랑과 스러지는 안개를 버무
려 동굴 속으로 사라졌다

복숭아 꽃잎 떠 흐르지 않아도
동굴을 지나면 새로운 세상이 열릴 것이다

앞이 보이지 않는 안개와

가파른 바위 벼랑과

흙조차 없는 절벽에서 수직으로 견뎌야 하는 나무들 같은

것이 생이라는 듯


콩로 동굴 마을에서 물은

천천히, 천천히 흐른다

그것이 삶의 자세인 것처럼


* 콩로: 라오스 중부의 동굴 마을. 콩로 동굴 속을 한 시간가량 배로 흘러가면 또 다른
  마을에 이르는데, 차를 타고 가면 세 시간 정도 걸린다. 동굴 길이 두 시간 정도
  빠른 셈이다.

# 오월에 눈이 내리면

오월에 눈이 내리면
한밤에도 세상은 눈부시겠다

함박꽃은 그대로 함박눈,
수국은 몽실몽실 솜눈,
자고 나니 얼굴 든 산사나무꽃은
몰래 온 손님 같은 도둑눈

모여서 한꺼번에 소나기눈

바람에 꽃 피고
달빛에 눈 내리겠다

오월, 세상 밖 눈나라에 사는 이는
마음, 등불처럼 환해지겠다

# 동박꽃

　한식 시제 지내러 할머니 산소 가는 길, 동박은 피어 숲길 말랑말랑해지는데, 늘그막 십 년 가차이 누워 자리보전하시던, 할머니는 할미꽃이 되어 올해도 피어났다
　세월 흐르니 슬픔도 연하게 바래고, 웃고 떠들며 지나는 산짐승의 길 어디메, 할머니 우리들 마중 나와 저 연노랑 동박꽃쯤으로 피어 있겠거니, 생은 이렇게 제 빛을 잃어가며 반짝이는 것이라고, 나직하게 소곤대는

　봄 숲길
　하루

# 봄

견딜 수 없을 만큼
간지러워야
잎 돋는다

참을 수 없을 만큼
마음 아파야
눈물 흐른다

모든 탄생에는
극한의 몸짓이 있다

맵고 시린
바람 불어야
비로소 봄 온다

# 물골*, 그 집

종일 아무도 오지 않을 것 같은
물골 그 집에 앵두꽃 피었다
문은 잠겨 있고
저 혼자 봄바람에 팔랑거리는 현수막
'감자전 한 접시 (3장) 1만원'
소주 한 병은 공짜란다
주인은 없고 큰 개 한 마리
멀뚱멀뚱 낯선 이 바라보는
그 시선도 이승의 것 같지 않은 봄날 하루
먼 데서 밭 가는 트랙터 소리만
잠든 햇살을 깨우는데
뒷산 솔바람 갓 핀 진달래 꽃잎만
간질이는데

주인장 오기를 기다리지 않고
혼자 핀 앵두나무 그늘에 앉아
꽃내음 안주 삼아 낮술을 기울이면

천천히 흐르는 시간, 느릿느릿 지나는 바람
사는 일은 더없이 막막하지만
때로 이렇게 흔들흔들 건너가는 것도
그저 헛된 일만은 아니라고 속삭이는

이 세상 풍경 같지 않은
물골 그 집에 앵두꽃 혼자 핀
이 봄날

* 물골: 강원도 평창군 수동면.

제2부

# 호박꽃

꽃을 먹고 꽃이 된다면
호박꽃을 먹겠어

억지로 눈 잡아끌지 않고
그냥 그 자리에 있는 듯 없는 듯

겉으로 대접받지 못해도
기꺼이 맛을 내어주는

잎도 주고 열매도 주고
기어이 제 꽃마저 내어주는

꽃을 먹어 꽃이 된다면
난 호박꽃이 되겠어

# 삶

깎을 머리카락이 남아 있으면
바닷가 낡은 이발소
철 지난 의자에 앉으리

거기 빛바랜 사진에
"삶이 그대를 속일지라도
슬퍼하거나 노하지 말라!"*
그런 시구절로 남아 있으리

지워버린 내 지나온 날의
어느 한순간으로 가
천천히 천천히 모래알처럼
손가락 사이로 스러지고 싶은 곳

베트남 호이안 안방 비치의
작은 이발소

* 알렉산드르 세르게예비치 푸시킨의 시 「삶이 그대를 속일지라도」 한 구절.

# 여름

딱새 새끼가 알을 깨고 나올 때

백도라지꽃 입 벌리고 햇살 쬘 때

미처 못 뽑은 배추 꽃대 키울 때

골짜기 저 혼자 깊어질 때

# 꺼호족* 옛 마을에서


작년 시월 눈부시던
무어꽃은 다 지고 말았네

철모르고 핀 저 한 송이는
늦은 걸까, 너무 이른 걸까

꺼호족 옛 마을에
숲 그늘 짙어지는 유월

몰래 숨어 피었다 지는
오래전 사람들


* 꺼호족: 베트남 소수민족의 하나.

# 여주

한때 여주에서 늙어가고 싶었다
어린 당나귀 한 마리 벗 삼아
두텁나루에 빈 낚싯대 던져두고
섬강 물살처럼 천천히 흐르고 싶었다
하루 종일 아무도 오지 않는 강원도 산골에서
이제 나는 고집 센 늙은 당나귀 같은 아내와
낚싯대 대신 앞산 그늘이나 바라보며
멍하니 늙어간다
아내는 고집스레 내 병에 좋다는 여주로 만든 음식을 해댄다
여주에 사는 대신 여주를 먹으며
나는 때때로 오래전 가르쳤던 여주란 아이를 떠올리기도
하고
여주 고을처럼 곱게 늙어가는 법을 생각하기도 하지만,
생은 여주의 맛처럼 지독히 쓰고 조금만 상큼할 뿐이다
그저 그 쓴맛을 달게 받아들이며
남은 세월을 견뎌내는 것,
그 끝에는 텅 비어 고운 노을이 남아 있으리라고

나는 믿고 싶은 것이다

올해도 내년에도 여주는 울퉁불퉁 자라다
끝내 곱게 붉어질 것이다

# 가을 하루

하얗게 서리 내린
아침

마당가 마른 꽃잔디 위에
다람쥐 한 마리 앉아 있었다

그 눈빛이 처연했다

한낮엔
지는 잎보다 가벼운 가을 햇살 위를
어린 살모사 한 마리 느리게 지나갔다

징검돌 하나만 한 길을
두어 각 동안 온몸으로 걷던

그의 몸짓이 아련했다

저녁이 되기 전에
서둘러 찾아온 어둠이 길게 눕는
산마을

아무 일도 없었다
아무도 찾아오지 않아
마음이 텅 빈 채 가득했다

짧고 긴
가을날

# 안흥에는 삼척바위가 있다

최부사, 임지 삼척에서 기생에 빠졌다네
그는 재미였지만, 홍련은 사랑이었지
떠나는 그 사람 발길 따라 대관령 넘고,
평창 메밀밭 길 걸어 안흥까지 왔다네
사랑은 재미에게 버려지는 법
손 내젓고 돌아가라 다독이는
최부사의 인내는 안흥까지였을까
멀어지는 최부사 바라보며
옷고름에 눈물 찍던 홍련의 생은
벼랑 아래로 붉게 지고 말았네
홍련의 치마폭 빛깔 단풍잎,
물 위에 떠 맴도네
죽어 제 고향 이름이나 남긴
삼척바위에 해마다 붉을 홍자
홍련의 단풍 곱게 물드네

가을이 와도 이루지 못한 사랑은

저리 애타게 물이 드네

물들어 세상 끝으로 흩날리네

# 성북동 입새의 버즘나무

그대여, 성북동 입새의
버즘나무가 물들기 전에 오세요

길 복판 감나무에 감이 익을 때 오시면
그대, 다시는 돌아가지 못할 거예요

간송미술관 가는 길
일렬횡대 은행나무 노란 잎이 눈길을 끌면

그대 어쩌면
걸어온 시간 저 아득한 너머로
되돌아가게 될지도 몰라요

그대 문득 깨어나면 그때는 이미
함박눈 퍼부어 성북동 골짜기 온통 눈부시고,
매화꽃 복숭아꽃잎 냇물에 떠가고,
성곽 마을 사람들처럼 잎 그늘에 숨어 잠드는 시간이 흘러갈

거예요

성북동 그 잎들 다시 물들기 전까지
당신은 영영 떠나지 못하리니


그대여, 성북동 입새의 버즘나무 물들기 전에
어서 오세요

# 디미방

후두둑 빗방울 사내가
미닫이문을 열고 들어선다
그 가게, 조선시대 음식책 이름을 닮은 '디미방'
오래 고인 우물처럼 가라앉은 자리
지난겨울 함박눈이 힐끗 사내에게 주었던 눈길을 거둔다
순간, 뚝배기 속 뜨거운 국밥도 숨결을 멈춘다
느릿느릿 깍두기 보시기를 밀어주는
주인장 손길은 낡은 축음기의 바늘처럼
흔들린다

지나가던 늙은 총각도
늦은 잔업에 시달린 노동자도
생의 뜨거운 국밥 한 숟가락을 뜨는 곳
성북동, 천천히 걸어 다다르는 곳의 허리쯤
천 년 전부터 자리 잡고 시간 여행자를 기다리는
그 국밥집은 늘 고여 있다
과거와 현재가 함께 어울려

막걸릿잔을 들고 국밥을 먹는 곳

성북동의 숱한 골목과 지붕 낮은 집들처럼
혹은 간송미술관이나 길상사처럼
오랜 시간을 거꾸로 흘러가고 있는 디미방
지워지고 사라져도 늘 그 자리에서
국밥을 말고 술잔을 내밀
그리운 기억 속의 옛집은
오늘도 우두커니 우리를 기다리고 있다

# 북한산 내린 줄기 물 맑은* 학교

가을이면 우리는 담장을 타넘어 남의 집 정원으로 숨어들었
다
학교 옆 그 집에는 무시로 도토리가 떨어졌고
넘는 재미 줍는 재미는 두려움을 가볍게 넘어섰다
초등학교 5학년 그 무렵
무서운 개가 살고 있다는 조회시간 담임의 엄포는
눈알을 반짝이며 숲속에 숨어 있을 도토리보다 가벼웠다
성북초등학교와 이마를 마주 댄 그 집에
신윤복의 미인도나 김홍도의 풍속화가 있는지
국보인 훈민정음이 보관되어 있는지 몰라도
그 집은 도토리 하나로 우리에게 보물이었다

한 반이 70여 명, 고만고만한 집안에서 자란 아이들은
한양도성을 정글짐쯤으로 여기며 타고 놀거나
학교 앞 선잠단지 뽕나무는 헛바닥 까맣게 물들이는 오디로
소중할 뿐이었다
문화재에 둘러싸여도 그것이 문화재인지조차 모르는

그래서 문화재가 더 문화재다운
스스로가 문화재가 되어버린 학교

공부는 못 해도 놀기로는 서울 최고였던 우리들 어린 날의
고향
내 아이 둘도 함께 동문인 세습 학교
누구의 학교가 아닌 모두의 학교
이제는 아이들 줄고 겨우 두세 반,
서울에서 가장 작은, 작아서 더 커다란,
기억 속에서 가을 햇볕처럼 아슴아슴 흐려지는
그리운 옛 우리 모교
서울성북초등학교

* 서울성북초등학교 교가의 한 구절.

# 낙화 1

이승을 건너는 일은
때로 좁고 가파른 계단을 오르는 일
디딜 곳 없는 허공에
손 허둥거리고
발 저리기도 하는 일

왓푸* 사원 가는 길
참파꽃 곱게 내려앉은 돌계단을 걷다 보면
팍팍하고 고된 생이
저리 곱게 지기도 한다는 것을
오르고 오르다 보면
걸어온 길이 한없는 참파꽃길이었음을
먹먹하게 깨닫기도 하는 법

떨어져 더 고운 이승길이
거기 숨어 있으니

* 왓푸: 라오스 남부 참파삭에 있는 크메르 옛 사원.

# 예순

곰취 네 포기 산비탈에 옮겨 심고,

배추벌레 서너 마리 잡아주고,

늦도록 웃자라는 하우스 안 잡초 몇 포기 뽑아주고,

하루 사이 발갛게 익은 고추 여남은 따 말리고,

빗줄기 오락가락하는 하늘만 바라보다,

어느새 어둑어둑해지는,

가을 하루 같은,

나이

# 낙엽송

나이 든다는 것은
제 빛깔을 하나하나 지워가는 일

비 내리는 가을 숲가에서
겨울 채비로 제 잎을 떨구는 낙엽송을 보면
지나간 시간 모두 아름답다

절정에서 스러지기 위해 낙엽송은
그토록 빛나는 얼굴을 했던 것일까

아랫도리부터 차근차근 지워가는
낙엽송의 노오란 빛

지우고 지워 마침내는
검은 선 하나로 남는

제 빛을 다 지우고서야

비로소 완성되는

낙엽송


생은 저렇게 결국

무채색으로 남은 풍경 같은 것


비는 내리고

나는 겨울 숲처럼 천천히 지워지고 있었다

# 퇴직 이후

낙향한 뒤
사람들마다 묻는다

지금 뭐해요?

멍하고 있어요.

멍

바람이 길게
숲을 끌고 지나간다

# 황홀

밤 주우러 갔다
늙은 개복숭아만 양동이 한가득 따오는
아침

생은 이렇게
때론 엉뚱한 길을 걸어
지금에 이르는 것

벌레 잡으러 온 곤줄박이 한 마리
가을 숲에 앉아
붉나무 물드는 풍경만
황홀하게 바라보고 있다

# 바람 부는 날 세상 끝에 와서

장작을 열 개쯤 아궁이에 넣고
캄캄한 방 안에 눕는다
봉창문 밖으로는 밤새도록 바람이 분다

바람은 때로 호리병 속을 빠져나가며 높은음을 내다가
갑자기 여러 사람이 두런거리는 소리를 내기도 하고
사랑을 잃고 홀로 흐느끼는 여인의 울음이 되기도 하고
더러는 나뭇잎으로 창호지를 후려 패다가
천지 사방 고립무원의 적막한 순간을 보여주려는 듯 딱
멈추기도 하며
산마을의 밤은 점점 깊어간다
절절 끓는 방바닥에 온몸을 지져가며 나는
백석을 생각하다가 유배지 초막에 남은 약전을 떠올린다
설핏 잠들었다가 바람 소리에 다시 깨어나
빈 어둠을 뚫어져라 바라보기도 하며,
꿈도 아니고 꿈같기도 한 시간이 흐른 뒤
세상을 잊어버리려 짐짓 온몸의 맥을 풀어놓고 만다

삶이란 가을 잎, 그 잎을 떨구는 바람 같은 것임을
세상은 허울 좋은 개살구 같은 것임을
저리 번잡스럽지만, 결국 스러져버리는 것임을
군불을 때고 절절 끓는 이승에서 몸 지지며 하룻밤 자고
가는 것임을
깨닫는 이 시간에도

바람이 분다
바람 소리가 운다

제3부

# 골목

나뭇잎에 길이 있다
큰 길은 잎 뿌리에서 머리까지 넓다
큰 길 갈래로 작은 길들이 퍼져 있다
길은 나뭇잎을 나뭇잎답게 만든다
큰 길보다 작은 길이 더 곱다

골목은 큰 길에서 마을 끝으로
실핏줄이 되어 흐른다
굽이지고 맴돌며
흘러내리고, 흘러오른다
골목에서 마을은 시작되고
골목에서 마을은 저문다

골목이 있는 마을은
햇살 아래 나뭇잎처럼 빛난다

# 영순 씨네 집 매화나무

성북동의 봄은 영순씨네 매화나무에서 온다

담벼락을 따라 고양이 등짝만한 화단에
기신기신 몸 기대고 서서
집주인 영순 씨처럼 곱게 늙은 매화나무
비둘기조차 꽁꽁 어는 겨울이 지나면
비로소 꽃망울 터트려 성북동의 봄 알리는 매화나무
매화꽃 벙글면 영순 씨
손바닥만 한 가게 의자에 앉아 재봉틀 돌리고
돋보기 너머 바느질한다
재봉틀 소리에 맞춰 매화꽃
봄바람에 날린다

당뇨로 오래 몸 아팠던 할아버지
지팡이 짚고 나와 해바라기하던 곳
저 썩을 놈들이 멀쩡히 잘 사는 집 허문다고 지랄이라며
재개발 조합을 향해 삿대질하던 할아버지는

매화꽃 피는 봄을 보지 못하고 세상을 떴다
할아버지는 없지만
영순 씨는 올봄도 어김없이 재봉틀을 돌린다
재개발 반대 유인물을 돌릴 때면 부끄러움에
설핏 꽃잎처럼 볼이 물들던 영순 씨
햇살도 지친 오후, 재봉틀 소리
담벼락에 걸린 '내 집 냅둬' 현수막을 휘감으면 마침내
성북동에 봄이 온다

선잠단지쯤에서 성북동 비둘기가 물어와 내뱉은 오디가
매화나무 옆에 거처를 잡고 아이 팔뚝만큼 자랄 동안
며느리 맞고 손주 받은 영순 씨네
무심한 세월들이 이 집에서 흘러갔다

성북동의 봄은 영순 씨네 집 매화꽃이 피어야 온다
가게 유리창에 써놓은
'성북 홈 패션'

낡고 바랜 글자 위에 매화꽃 향기가 날려야
성북동에, 비로소, 봄이 온다

# 성북동에게

오래 그 자리에 서 있으라

자본과 개발의 밀물 속에서도 그대
거대한 도시 서울에 홀로 서 있으라

마을 밖에서는 재빠르게 변화의 시간이 흐르고,
탐욕이 집을 삼키고 마을을 삼키고 마침내는
인간마저 송두리째 먹어치우는 시대

작은 골짜기 손바닥만 한 동네로
멈춘 듯 그대 서 있으라
비탈과 골목과 이웃이 어울려 빚어내는
낡은 것의 아름다움을 그대, 간직한 채 남아 있으라

하나쯤은 시간을 거슬러 존재하는 것이 있음을
하나쯤은 세상과 멀찌감치 떨어져 살아가는 것도 있음을

그대를 통해 느끼리니
오래 그대로 견디며 서 있으라,

성북동이여

# 해동 꽃 농원

겨우내 문 닫았던
우리 동네 꽃집

갑작스런 교통사고로
잠시 쉰다는 안내 쪽지만
바람에 날리더니

꽃등으로 동네를 밝히며
다시 봄밤을 열고 있다

모진 겨울도
피는 꽃 한 송이 막지 못했으리

거친 세상 풍파도
꽃집 아저씨 고운 꿈 지우지 못했으리

삼월 끝자락 훈풍 부는 날

성북동 사람들 마음에 지핀

꽃등불 하나

# 도라지 타령

우리 마을 농부 명록 씨,
삼 년 공들여 백도라지 키웠는데
올해사 도라지 값이 반 토막이라
캐는 품도 못 건져 힘조차 나지 않는다
무쳐 먹고 삶아 먹고
끓여 차로도 마시고 청을 담그기도 하는데,
초미세먼지가 극성이라는 요즘이야말로
백도라지가 최고 좋다지만
삼 년 농사 품값도 못 건질 판이라
에라 낮술이나 거나하게 걸치고
도라지처럼 구불텅텅 보리춤이나 출거나
구부러져 허리 못 펴는 곱사춤이나 출거나
그 언제 농사꾼이 대접받은 적 있다더냐
봄비 촉촉하게 내리는 날
도라지 캐던 호미자루 밭고랑에 내던지고
면사무소 앞 술집에서 술추렴이나 할밖에

도라지 도라지 백도라지 노래 한 자락에

소주 한 병, 막걸리 한 사발이 후루룩 탁탁 넘어간다

빚투성이 삼 년 농사 빗줄기처럼 스며든다

# 성주, 원주

감자를 캔다, 돌보지 않아

명아주와 바랭이 숲에 숨어 있는

감자는 숨겨놓은 보물찾기 쪽지보다 더 귀하다

그래도 얼치기 농부 체면 세워주려

캔 골 돌아보면 가지런히 놓인 녀석들

말갛고 고운 눈 반짝인다

겨우내 밥반찬 될 소중한 것들

잘 담아둘 상자 들고 나와 한숨 돌리는데,

상자에 선명히 박힌 글씨

'성주 감자', '성주농업협동조합'

원주 하나로마트에서 집어온 상자가

성주 농협 것이라니

원주와 성주, 형제 같은 두 이름이

사드 배치 예정지로 들먹거리더니

감자 상자로도 이렇게 이어져 있구나

대한민국 어디든 성주이고

원주 아니랴, 온갖 잡풀과 얽혀

눈 맑은 감자알 굵어지듯
우리 사는 곳곳 서로 이어져
소중한 삶터 이루어내는 법이거니
성주라서가 아니고, 원주가 아니어서도 아니고
어디라도 안 될 것은 안 돼야 하는 깨달음

감자를 캐다가 문득
이 땅에 발 딛고 사는 한
성주 참외는 군산 박대이고,
원주 치악산 복숭아이며 칠곡 방울토마토이고,
평택 쌀이며 양산 매실이고 음성 고추임을,
내 나라 땅 어디나 다 하나임을 깨닫는다
갈라 치고 나눌 수 없는,
하나로 이어져 함께 살아야 할 모두가 우리임을
감자를 캐다,
성주 감자 상자를 보며
아리게 아리게 깨닫는다

# 청년회장 토마토

토마토 농사짓는 우리 마을 청년회장,
올해사 토마토가 크고 튼실하게 잘돼
10킬로 한 상자 만오천 원은 받겠지,
꿈도 야무지게 꾸었지
맏물 토마토 새벽부터 땀발 흘리며
여든한 상자 만들어 농협에 냈네
못해도 백이십만 원은 손에 쥐려니,
그 돈 받으면 씨앗값에 농약값 외상 진 것
일부나마 우선 갚고, 일 도와준 친구들과
소주도 한 잔 하려니,
마음 푸근해져 웃음 벙실벙실
이틀 지나 통장에 찍힌 숫자
눈 씻고 보고 눈 비비고 보고,
감았다 떠 다시 봐도 믿기지 않는
81상자 63,747원
곰곰 계산하니 한 상자에 787원이라
품값은커녕 종자 값도 안 나오는 농사에

나오는 건 한숨

아무리 농사가 대접받지 못하는 세상이라지만,

도시 번듯한 마트에서는 아홉 개 포장해

구천 원이라는데,

도무지 10킬로 한 상자 787원 이해 안 되어

볼 꼬집고 빰 때려 봐도 남은 토마토 값은

어디로 간 것일까?

내년에도 농사를 지어야 하나,

고추 농사로 바꾸어볼까,

때려치우고 도시로 나가 공사판 짐 지는 일을 해볼까

궁리궁리에 속만 타 깡소주 병나발로 시름 달래네

이놈 저놈 다 떼어먹는 직불금 같은 이상한 지원보다

농산물 최저 가격을 보장하라!

술기운에 종주먹질을 허공에 하다 보니

그놈의 주먹은 왜 또 토마토처럼 생겼는지,

술맛도 쓰고, 안주로 베어 문 토마토도 쓰고,

농사꾼 팔자도 쓰디쓰다며 쓴웃음 짓는

하우스 토마토 농사꾼 우리 마을 청년회장의

어깨 너머

뜨거운 노을만 붉다

# 성 밖 사람들

성북동 사람들의 울타리는
한양도성이다.

싸리나무 대신, 대나무 대신
성북동 사람들은 한양도성 돌담을
울타리 삼아 살아간다

집을 가두지 않고
사람을 막아서지 않고
성곽 울타리는 그대로
사람들과 한 몸이다

세상에서 가장 크고
온 세상을 향해 열려 있는 성곽 울타리

성북동 사람들은 성곽이고
성곽은 성북동 사람들이다

# 촌놈들두 휴가 가유

농촌 것들이라구 휴가두 없는 중 아남유?
우덜두 이렇게 놀아유
다리 아래께 부루꾸 멫 장 놓구
판자때기 하나 깔믄
여기가 천국이지유
어항 두어 개 놓아두구
밤새 잠결인 듯 꿈결에 물소리 듣다 보믄
아침적에 메기 여남은 마리 잡은 건 일두 아녀유
매운탕 한 냄비 끓여놓구
쇠주 한 사발 탁 털어넣으믄
하늘은 또 워찌 저리 지랄맞게 푸르대유?
물속에 텀벙 뛰어들믄
삼복의 가이 새끼두 좋아라 법석이지유
워디 도시 것들만 자가용 몰구 피선지 머시긴지
가란 법 있남유?
우덜두 트럭 몰구 개울에 모여 더위 피할 줄 알어유
아니, 더위를 피하지 않구 항꾼에 놀아유

그라니께 지발 있는 분들은 우덜 노는 시굴 개울가는 오지
마시구유

펜션인지 호텔인지 그런디루다 피서 가셔유

놀다가 밭에 나가믄 고 틈에 우덜 자리 뺏지 마시구유

그저 우덜이 따 파는 옥시기나 고추, 푸성귀 가튼 것들

놀러가 많이 사주시면 돼유

그려두 중 우덜 노는 이 다리 밑이 부러우믄유

한 번 오셔유, 수박 한 뎅이 사들구

쇠주나 막걸리 멫 잔 나눠 먹자구유

끔찍허다는 도회지 더위쯤이야 순식간에 옰어질 텡께유

# 시바 버스

읍내를 벗어나자 안내방송조차 없었다
횡성을 거쳐 안흥, 계촌, 물골로 가는 버스 안에는
여남은 촌로들이 무뚝뚝한 겨울나무처럼 앉아 있었다
자꾸만 땅으로 가라앉는 어둑발조차 막막한 길
뒷자리에 혼자 앉은 사내는 누군가와 긴 통화를 하고 있었다
연신 '시바'를 섞는 그의 말은
분노보다 체념에 가까웠다

읽어시바
일년내내쎄빠지게농사져봐야빈털터리여시바
논두렁에심근쥐눈이콩두쭉쟁이여시바
아,시바전수망쳤다니께거데미할게하나두읎어시바
원주,시바뭐허러는시바병원갔다오지시바

미간에 꺽쇠 표시의 주름이 자글자글한 그의
눈빛은 쥐눈이콩처럼 검고 맑았다
시바 소리는 자꾸 어스름에 묻혀가고

급할 것도 없다는 듯 버스는
이 마을에서 서고 저 마을에서 쉬며
바람만 가득 싣고 슬슬 움직였다
창밖으로 제 잎을 다 떨군 나무들이
허깨비처럼 서서 한겨울보다 추운 바람을 맞고 있었다
돌투바니를 지나자 서너 사람마저 다 내리고
버스 안에는 졸고 있는 시바 사내와 나만 남았다
세상 모든 것들을 다 삼켜버릴 것처럼
막막한 어둠이 버스 안으로 쳐들어왔다
쥐눈이콩조차 거둘 것이 없다는 세상에서
벗어나고 싶은 것인지, 사내는 가끔 잠꼬대를 하고
나는 그만 내려야 할 곳이 어디인지조차 잊고 말았다
몸보다 마음이 더 추운 시골 버스 안
우리는 정말 어디로 가고 있는 것일까?
차창 밖 어둠 속 멀리 시바 사내와 나만 버려져 있었다


시바, 첫눈이라도 모질게 퍼부을 것 같은 날씨였다

# 따지고 보면

나는 황해도 해주가 본관이고
아내는 경상남도 김해가 본관이니
우리는 북남남녀라 해야 하나?
따지고 보면
내 조상 호호할배는 평안북도 삭주 어디쯤에 살았고
어머니는 본적이 평안남도 강서江西이니
북쪽 출신으로 보이지만,
나는 증조부 때부터 강원도 안홍에서 살았으니
남쪽 출신임이 분명하다
아내네 집은 평양에서 살다 1·4 후퇴 때
피난 내려와 서울에 터 잡았으니
북쪽 출신임이 분명하다
따지고 보면 나는 강원도에서 태어났고,
아내는 서울에서 태어났으니,
둘 다 남쪽내기임도 분명하다
다시 따지고 보면
뿌리는 북에 있으면서 나고 자라기는 남에서였으니

우리 부부는 남이면서 북이고 북이면서 남이다

백두산 자락 삼지연에도
독립운동 차 나섰다 주저앉은
안동 김씨 아무개가 살고,
황해도 사리원에도 본관이 밀양인
박 아무개가 살 테니
그이들 또한 다 북이면서 남이다

따지고 보면 까짓 남이니 북이니
편 가르고 종주먹질 해대는
세상 잡것들은 몰라도 한참 모르는 것들이다

한반도 어디에 사는 누구든
다 나는 너고, 너는 나고, 모두 우리라는
어린애 셈속처럼 쉬운 이치를

# 명천明川의 림 선생께

김장 끝나고 첫눈 내리면
그대에게 가겠소
개골산 눈길 지나 바닷길 한동안
이윽고 그대의 명천에 이르면
눈발 포근하고 바람 따스하리
퇴직 후 고향 마을 아이들과 논다는 그대는
여전히 눈 맑은 북의 교사
명퇴 후 강원도 보리소골에 터 잡은 나도
여전히 늙은 선생
지난겨울처럼 소반에 내올 명태찜
망돌*에 갈아 만든 메밀부침을 떠올리면
눈길 천 리도 한달음이리
소곤소곤 이야기는 밤을 넘고
문밖에는 살금살금 눈이 내리리니

봄눈 녹고 버들잎 푸르면
그대 몸 가벼이 내려오시오

내가 간 길 고스란히 되짚어 그대 오면
마당 꽃그늘에 화전 부쳐놓고 기다리리다
오고 가고 가고 오며 자국 내면
그 흔적이 그대로 길이 되리니,
내가 가고 그대가 오고
그 사이 겨울 가고 봄이 오리니

* 망돌: 맷돌의 함경도 말.

# 수학여행
─세월호의 아이들에게


비가 내려서 하루쯤 빼먹어도 되는 곳,
계단 틈에 핀 민들레 앞에 앉아 있다
한두 시간쯤 늦게 들어가도 되는 곳,
사월 하늘이 너무 푸르러
수업 중 슬그머니 일어나도
선생님 그저 빙그레 웃어주는 곳,
운동장에서 뛰노는 아이들을 위해
어둠조차 천천히 찾아오는 곳,
벚꽃 그늘에 둘이 앉아
지워지지 않을 시간들을 나누는 청춘의 마을

그리워도 돌아오지 마라
지각의 두려움과 공부의 공포
빛나는 젊음을 옥죄는 온갖 제도의 틀을 넘어
이 지독한 대한민국의 21세기로부터
너희들, 더 벗어나거라
우리는 너희들을 지켜내지도 못했고,

너희들의 행복을 지켜보지도 못했으니,
이대로는 돌아오지 마라
더러운 자본과 무모한 권력의 손을 들어준
이 애비 에미의 세대들이 지은 죄로 너희들
꽃 피어 보지도 못하고 지게 했으니

바람이 불어서 하루쯤 빼먹어도 되는,
꽃이 져서 여드레쯤 슬퍼해도 되는,
그곳으로 수학여행 떠난 아이들아

# 양지꽃
―세월호 2년, 그 아이들에게


너희들 여기 모여 있구나

어두운 바다에서 나와
서로 얼굴 부비며

이렇게 살아 있구나

그리워하는
세상 모든 마음들 다 모아
피어 있구나

눈물도 아픔도 딛고
다시 피어났구나

고맙고 또 고마운
어린 나의 스승들

세상 햇볕 바른 땅에

옹기종기 살아나는

양지꽃 같은

# 나, 50대
―18대 대선 개표일에

아들아, 애비 세대는 술만 퍼먹다 늙었다
친일파가 세상을 떡 주무르던 시절에 태어나
혁명을 가장한 쿠데타가 일어났을 때 어린 날을 보냈다
세상이 어떤 곳인지 알지도 못한 채 쑥쑥 자라
줄 맞춰 신작로 길 걸어 등교를 하고
붉은 글씨 솜방망이처럼 새겨진 반공방첩 유리창 아래서
오글오글 모여 국민교육헌장을 외웠다
모두들 가난한 시절
술지게미를 먹고 비틀거리거나
강냉이, 감자 섞은 밥이라도 한술 뜨던 친구들과 함께
어깨동무하고 한국적 민주주의를 외웠다
말뜻도 모르면서 무조건 외워야 했던 그 헌장이
얼마나 오랜 세월 우리의 머릿속 쇠말뚝이 되어 남을지
그때는 정말 몰랐었다
청년이 되고, 세상은 점점 밥숟갈깨나 뜨는 사람과
밥숟갈 겨우 뜨는 사람으로 나뉠 때,
애비 세대는 술 퍼먹는 일로 밥을 외면하곤 했다

그러나 술에 취해 세상을 향해 털어놓던 울분은

그저 헛된 메아리 같은 것이었을까?

유신 반대, 민주주의 회복, 직선제 개헌

그 길에서 애비 세대는 갈 곳을 잃어버렸던 것일까?

세월이 흐르고, 너희를 낳고, 세상 가운데 서게 되었을 때

여전히 세상은 친일파에서 시작된 세력이 더 큰 힘을 쥐고 있었고,

우리들 중 더러는 걷던 길을 뒤돌아 그 세력을 향해 달려갔지만

대부분은 세상이 더 살 만한 곳이 되어야 한다는 믿음으로

함께 걷고 있을 것이라 믿었다

삶의 평온함은 철학도 역사의식도 다 묻어버리는 것임을

아무도 깨닫지 못한 사이, 과거는 그저 추억으로 남았고

어느새 애비 세대는 안정과 보수라는 이름으로

밥만 아는 돼지가 되어버렸다

밥만 아는 것이 결국은 밥조차 빼앗기는 일이라는 것도

모르는 세대가 되어버렸다

목숨을 걸고 살려낸 직선의 권리로
그들의 딸에게 다시 권력을 넘겨주고 말았다
가난한 사람은 부자를 위해 투표하고
부자는 가난한 사람을 위해 투표하는
지독히 아량 넓은 민족이라며
우스갯소리로 술 마시는 오늘 밤은 쏠쏠하구나
강냉이밥 먹던 시절에서 먹을 것이 남아도는 시절로 온
것이
역사도 철학도 가치도 다 지워버릴 만큼
행복했던 것일까?
자식들의 미래를 위해서가 아니라
자신의 안온한 현실을 위한 선택이
얼마나 큰 고통으로 이어질지
지레짐작해보는 것조차 허망하게 눈 내리는 밤
애비는 또 술잔을 든다
아들아, 애비 세대는
술만 퍼먹다 늙었다

술조차 목숨을 걸고 마시지 못하고*

힐끗힐끗 곁눈질하며 마시다 늙었다

흰 눈은 여전히 쉬지 않고 내려

세상 모든 것을 덮어버리는데,

이제는 문득 그것을 평등이라고 부르고 싶지 않구나

눈이 내려도 포근하지 않은 이 겨울의 한복판에서

아들아, 네 애비는 또 술만 퍼먹는다

저 평등이라는 허울로 세상을 덮은 눈조차 걷어낼 줄 모른 채

너희들에게 '아득 막막'만 넘겨주고 있구나

너희들 미래를 빼앗아 먹으며 살고 있구나

* 고(故) 이광웅 시인의 시 「목숨을 걸고」의 변주.

제4부

# 비탈집

강저하대교江氐河人橋 옆 산비탈에는
강어반점江魚飯店이 있습니다

낭떠러지 끝에 아슬아슬하게 매달린
강물고기의 집
온종일 기다려도 지나가는 이 두어 명
고기 잡으러
강가로 가는 데 한나절
돌아오는 데 한나절
물고기는 없고 국수 사발이나 말아 파는
이름만 강물고기 식당

귓전으로 란창강瀾滄江 물소리 들으며
그 식당에 하루쯤 머물고 싶었습니다
깎아지른 벼랑 끝으로 돌 하나 던져놓고
물소리에 돌멩이 묻혀 들어가는 꼴이나 보며
마음 놓고 주저앉아 있고 싶었습니다

뜬세상은 꿈같은 하루

이승은 비탈에 매달린 집

# 지게

삼담폭포三潭瀑布 가는 길
빈 지게를 진 할아버지가 사진을 찍으라며 환하게 웃는다
그의 입에서는 아침인데도 풀풀
술 냄새가 풍겼다
생은 그런 것, 평생 무거운 짐 지고 걷다 보면
빈 지게로 술 한잔 걸치고 웃는 날 오는 것

한 소년이 제 키보다 높이 쌓은 건초더미를 지고
천 길 단애, 호도협虎跳峽을 걸어온다
그의 등 뒤로 옥룡설산보다 하바설산보다 더 무거운
삶의 무게가 매달려 있었다

밥벌이 나선
스물일곱 해, 살아온 길 돌아보니
달랑 빈손 하나뿐

살아가는 일이 다 그렇다.

그저 먹고살고, 시간 흘러가는 것뿐이다

얼마나 먼 길을 걸어야 생의
짐조차 아름다워질 수 있을까?

# 세상 밖 세상

그리운 곳은 늘 안개 속에 버무려 있다

노강怒江 천릿길 굽이쳐 오르다 보면
그놈 제 몸 한번 꿈틀대는 곳
노강제일만怒江第一灣

강물 몸 따라 땅도 느긋하게 휘는 곳
세상 밖 무릉도원이라고
그저 바라만 보아도 고운 그곳에
설 무렵이면 복숭아꽃 흐드러져 딴 세상 된다는데

건너는 길은 미주알 간질이는 외줄 하나
안개에 숨어 있다
나그네는 미리 엿본 복숭아 그늘에 숨어
동굴 입구에서 서성일 뿐*

난용공로南永公路 달려 대요현大姚縣 지나면

세 굽이 몸 뒤트는 삼담폭포三潭瀑布*

유채꽃 핀 이족彝族 마을 너머 흐릿하다


내려다보는 마을 길 마음 한구석으로

다소곳이 숨어드는데

자욱하게 안개 낀 삼담인가三潭人家

세상 밖 세상이 거기 숨어 있다


석 달 열흘 안개 방울에 젖어

흐릿하게 머물고 싶은 곳

* 도연명의 「도화원기(桃花源記)」의 한 대목 변주.
* 삼담폭포의 원래 이름은 대요삼담폭포. 대요는 현 이름. 폭포는 현 중심지에서 약
  30킬로미터 밖에 위치하는데, 이 지역은 금사강의 지류인 청령하곡 지구에 속한다.
  지질의 변화로 하곡이 형성되었고, 그 단층으로 세 개의 단면이 만들어져 폭포가
  되었다. 폭포 아래 세 개의 못이 있어 삼담이라고 한다. 물길이 늘 끊이지 않고 흘러내리
  기 때문에 일 년 내내 물 흐르는 폭포를 볼 수 있다. 폭포의 낙차는 약 220.28미터.
  여름에 비가 많이 내리면 홍수가 져 폭포는 용이 몸을 뒤집고 올라가는 것 같아서
  대룡담이라고도 부른다. 삼담폭포는 고대 대요 팔경 중 하나로, 폭포 뒤 깊은 동굴에
  종유석이 있으며, 봄, 여름, 가을에는 폭포 상공에 종일토록 제비가 날아다녀 그
  소리가 끊이지 않고 귀에 들린다.

# 신기루
—카페 '커피 볶는 부엌'


돈황에서 옥문관 가는 길
황막한 사막 끝으로 물결이 출렁였다
물결은 꼬불꼬불 피어오르는 열풍 건너편에 있었다
나무 한 그루 없이 저 혼자 흔들리는 물결을 따라
나는 자꾸만 빨려 들어가고 있었다
사막에 바다가 있는 것일까?
눈 비비고 보면 볼수록 점점 물살 거세게 이는 바다
바람도 없이 휘청이는 황야
있는 듯 없는 그 바다 너머
내가 걸어온 억겁 전생의 모든 길들이
거기 출렁이고 있었다


밤이 오면 창밖으로 또 하나의 세상이 펼쳐졌다
돈암동 성북천가 어둠 속에서
한 사내가 커피 잔을 들고 전생의 자신에게 빙긋이 웃었다
사내의 웃음은 보이지 않고
어둠 속에 하얗게 커피 잔만 도드라졌다

예가체프 혹은 안티구아*

낯설고도 익숙한 이름 너머로

창밖의 불빛은 몽롱하게 피어나고 스러졌다

태어난 적도 없고, 살아 있는 것도 없고

세상은 오직 현실의 밖에서만 존재하는 것

벚꽃 흩날리는 봄부터 눈발 퍼붓는 겨울까지

환몽처럼 흘러가는 바람만 숨 쉬는 곳

거기서 나 또한 이승의 한 시절을 흘려보내고 있었다


'바다 속에 짐승이 하나 있다. 그 짐승의 이름이 신蜃이다.
신의 몸뚱이는 뱀 모양을 닮았고, 길이는 무려 1천 척이 넘는다.
갈퀴는 불길이 타오르는 것 같고, 뿔은 용을 닮았다. 신이
불끈 일어나 온몸의 기운을 불처럼 뿜어내면 그 모양이 누대를
세워놓은 것처럼 장대하다. 눈 깜짝할 사이에 나타나고, 이지러
지는 것이 신의 기운이다.'* 존재하면서 존재하지 않는 것의
막막함

있다가 사라지고

스러진 자리에 다시 피어나는

신기루 같은

이승의 시간

* 커피 원두의 한 종류.
* 이옥의 산문 「신기루」에서 인용.

# 락즈엉 마을의 커피 농장

사방이 온통 커피나무인 원두막이었다
농장 주인은 소수민족인 꺼호족 여인
미국인 남편은 유럽에 가고
친정 엄마와 어린 아들과 커피 과원을 지키며
곱게 시간을 흘려보내고 있었다
원두막 건너 산머리에는 눈부신 구름
커피 향내를 풍기며 스쳐가는 바람
꺼호족 전통악기 '딴띠링'을 연주하다
휴대용 가스레인지에 커피를 볶던 여인
몇 잔의 커피를 내려 마시고 돌아서는 내게
한 달쯤 여기 머물며 일손을 도와주면 좋겠다며 웃었다

아무 일 없이 커피나무 그늘만 바라보아도
마음 저절로 느긋해지던,
나 다시 그곳에 가면
정말 한 달쯤 커피밭에 누워 흔들대다 돌아올 것 같은,
그 꺼호족 시골 커피농장

# 미토

이 강이 어디에서 비롯됐는지
이제는 기억하지 않으리
한때는 란창이고
더러는 메남콩, 혹은 메콩이었던
강은 끝내 메콩이 되어 바다에 이른다

강폭이 넓어지는 곳에서는 발로 배를 몰아. 몸을 젖히고,
메콩의 수평선을 보지. 그 끝에서 하늘과 강이 하나가 되는
행복한 모습이 순간 눈앞에 나타나지. 내 배에 탄 누구도 그걸
몰라. 세상의 모든 것들이 끝내는 하나가 된다는 걸, 그 시간이
가장 넉넉한 이승의 순간이라는 걸. 모르는 사람들을 태운
채, 배는 메콩이 쌓아놓은 불사조섬*으로 가지. 불사조가 못
된 사람들이 그 섬에 들어서면 영원히 살 수 있을까?

강의 끝, 미토*에서 관광객을 실어 나르는 야오는 스물다섯
살 선장

흐르고 흘러 마침내
꼬리는 머리가 되고
물은 하늘이 되고
어린 선장은 그대로 강물이 된다

* 불사조섬: 미토의 네 섬 중 하나인 피닉스섬.
* 미토: 메콩삼각주 가장 하류 지역. 메콩은 이곳을 끝으로 남중국해로 흘러간다.

# 행복은 성적순이 아니다

검천현 석보산* 길 몇 굽이 돌아서자
허름한 집 한 채
담벼락 '치처'(汽車) 글씨조차 집을 닮아 낡았다
버스 대합실일까?
마을 경로당일까?
사람들 몇이 초등학생 의자에 앉아
물담배를 피우다 활짝 웃는다
양복 윗저고리 슬쩍 어깨에 걸치고
시종 웃던 콧수염의 사내
그의 얼굴도 집을 닮았다
오래 묵은 세월
모든 것 그대로
남루(襤褸)의 사람들

직업반 민우
피자 가게에서 아르바이트를 하다가
손가락 인대가 끊어졌다

"수술할 때 조금 아팠지만 좋아요"
환하게 웃는 그의 꿈은 요리사
일류호텔 요리사가 되면 내게
멋지게 한턱 쏘겠다는 그 애는
인문계 고등학교 밖에 있는 존재다
틀 밖이 더 행복하다

행복은 성적순이 아니다
한 걸음만 금 밖으로 나서 보면

---

* 검천현(劍川縣) 석보산(石寶山): 중국 운남성 작은 마을에 있는 산.

# 수박은 저마다 가격표를 새기고

수박마다 사인펜으로 가격을 매겨놓고
그 아주머니 환하게 웃고 있었네
왓푸 가는 길
안개 자욱한 밭에는 유채꽃이 피고
소채들은 푸르게 눈부셨네
추수가 끝난 밭 옆에 새로 심은 모가 자라는
끝나도 끝난 것이 아니라 다시 시작되는
삶의 질긴 연속성조차 아름다워지는
그 길에 나와 아주머니
오지 않을 손님을 기다리고 있었네
기다리며 견뎌내는 것이 이승의 일이라는 듯
아주머니는 달관한 스님처럼 웃고
문신을 새긴 수박들이
온몸 부딪쳐가며 모여 있는 곳,
나무로 만든 짐칸을 매단 채
경운기는 나그네처럼 그 길을 지나갔네

아주 오래전
몇 겁의 전생 어디쯤에서
내가 지나갔던 걸음걸이가 거기 있었네
걸어가다 괜히 웃던 순간들이
거기 머물고 있었네

# 행복

봄에 심은 것들이 자라
제 빛깔로 싱싱해지는 것

느릿느릿 밭에 가
그것들 거두어 오는 것

먹기 아련해
한참을 바라보기만 하는 것

# 수오이띠엔*

요정의 샘물은 황톳빛이야
진흙 연못에서 연꽃이 피듯
요정은 붉은 흙의 샘물에 살지
요정을 만나려거든 그대,
무이네 황토 빛 개울로 와야 해
눈부신 햇빛과 새하얀 돌들
그 위로 덮인 붉은 모래가 걸음을 붙들어도
요정을 만나려거든 그대,
쉬지 않고 물길을 걸어야 해
때로 물살에 발목이 빠지거나
물가의 고운 부레옥잠꽃에도
마음 주지 말고 걸어야 해
물길을 걷고 걸어 폭포에 이르러도
요정을 만나지 못했다면 그대는
요정을 지나쳐버렸거나
혹 요정을 만날 눈이 없던 거야
눈 밝은 사람은 그 물길 어디쯤

초등학생 의자 몇 개 물위에 놓아두고
코코넛 열매를 파는 요정을 만날 수 있지
개울가 나무에 해먹 하나 걸어둔 채
그대가 오면 요정은 해맑게 웃고 있을 거야
세상에서 한 번도 본 적 없는 환한 얼굴에
그대는 잠시 멍해질지도 몰라
눈짓만 하면 코코넛 열매에 빨대를 꽂아주며
싱긋 웃고 돌아서는 그니의 얼굴은
그대로 천진, 고스란히 무구
하루 종일 기다려도 오는 사람이라곤 네댓
그 적은 이들에게만 요정은 다가와
떼로 몰려오는 사람들은 애초부터
요정을 볼 뜻이 없었던 게지
그들은 중간쯤에서 세상을 다 보았다는 듯 돌아서지
요정을 만나려거든 그대,
선연한 핏빛 황토의 물길을 쉬지 말고 걸어야 해
거기 어디쯤에서 그대는

물길을 버리고 웃음을 찾은 요정을 만날 거야
그리곤 그대가 곧 요정이 되는
꿈같은 시간을 맞게 될 거야


요정을 만나려거든 그대
베트남 무이네 수오이띠엔에 와야 해

* 수오이띠엔: 베트남 무이네의 계곡. 요정의 샘(fairy stream)이란 뜻이다.

# 참파, 참파, 참파

왓푸 신전 가는 길은 온통 참파꽃입니다

송이째 져서 더 고운 그 꽃을
소녀는 한 아름 주워
돌 위에 쌓습니다

오가는 이 한번씩
쌓인 꽃 보며 환하게 웃습니다

꽃보다 그 마음에
절로 절로 미소가 솟습니다

왓푸 신전 가는 길은 참파꽃 웃음들이 걸어가는 길입니다
신전에 다다라서 만나는 부처도 참파꽃입니다

왓푸 신전 길을 걷는 사람은 다
소녀이고 부처이고 참파꽃입니다

# 성북동 산 3번지 그 집

그리운 것은 모두 두고 온 그 마을에 있으니,
성북동 산 3번지 비탈길을 오르면 나는
세월을 거슬러 소년이 된다


서울에 올라와 처음 집을 갖게 된 아버지는
마당 귀퉁이에 작은 화단을 꾸몄다
농부인 아버지의 기억이 담겼던 그 집
삼백만 원에 샀던 무허가 블로크 집에서는
한겨울이면 대접의 물이 꽁꽁 얼었다
세월처럼 바래고 낡아 마침내는 제 몸조차 가누지 못했던
그 집
세 살짜리 계단*을 걸어올라 한참 숨이 차야 만날 수 있었던
녹슨 철대문과
비가 오는 날이면 청량리역에서 기차의 울음소리가 들려오
던 다락방
한양도성을 마주보며 양지바른 언덕에 옹기종기 모여 있는
그 마을에서

나는 소년이 되고, 청년이 되고, 마침내는 아버지가 되었다

성북동 산 3번지

철거반과 맞서 똥물을 퍼부으며 싸웠던 사람들이 눌러 살던 곳

제 몸을 부숴버린 블로크 대신

새로 벽돌집을 지은 아버지는 담장 아래 장미를 심었다

오월이면 담장을 넘어 늘어지던 장미는

재개발의 광풍을 먹먹하게 바라보고 있을까?

아버지와 함께 심은 향나무도

늙어 숨을 거둔 그 집

집집마다 대추나무 한 그루씩 심어 가을을 맞았던 그 동네

이제 젊은이들은 마을을 떠나 세상으로 나가버리고

나이 든 어른들만 옛 집처럼 늙어가는 곳

3번지를 날던 비둘기가 사라지고 남은 하늘은

오늘도 여전히 청청 눈부시다


그리운 것들은, 다 두고 온 그 마을에 있으니

성북동 산 3번지 비탈길을 오르면 나는
시간을 거슬러 소년이 된다

* 세 살짜리 계단: 세 살배기가 걷기 적당할 정도로 높이가 낮은 계단

# 나무의 살점을 보다

김장을 하는 동안
찬바람이 불었다

나무도 겨울날 준비를 하는지
제 몸을 말리기 시작한다

떨어진
나무의 살점 하나
마당에 던져놓고 호시탐탐

스며들 기회를 엿보는
겨울

# 낙화 2


이승에서는
우리,

여기까지였나 보다

# 탐푸칸* 가는 길

마혼 몇 해 전 내 누이들
저기 걸어가네
고사리 배추 따위
푸성귀 한 망태기 메고
새벽시장 어스름에 떨던 아이들

비 그친 진흙길을
맨발로 돌아가네

북쪽 마을에서는 몇 십 마리
물소가 얼어 죽었다는
갑작스런 추위 속을

그 누이들 환하게 웃으며
돌아가네

등에 멘 망태기에는

팔지 못한 푸성귀가
반 넘어나 남았는데

남은 야채도 시린 추위도
그 웃음 지우지 못하네

사십 몇 해 전 십리 길 걸어
오일장 갔던 내 누이들
이제야 돌아오네

# 봄날은 간다

잘 있거라, 눈부신 새잎의 시간이여
숲 아래서 더 깊어지는 그늘의 자리여
오래 춥고 잠시 따사로웠던
짧은 시절은 이렇게 잠들고 말리니

냉이꽃대 단단하게 힘 오르고
잡초들 더 굳세게 땅바닥 움켜쥐고 견디는
땡볕의 시간이 저기 다가온다

피어서 사랑스럽지 않은 꽃이 어디 있으랴
봄날에 빛나지 않는 사람이 어디 있으랴
나 또한 그렇게 사랑스럽고 빛났으니

이제는 툭툭 자리를 털고 떠나야 할 때
그러니, 잘 있으라
덧없고 쓸쓸한 시절 또한 잘 있으라

꽃은 지고,
바람은 불고,

이렇게
봄날은 간다

# 그래서 우리는 친구 아닌가?

신현수(시인)

"시가 무엇을 위한 것이란 말인가? 만약 인류의 몸에 난 부스럼을 인류에게 보여주지 않는다면, 만약 수천수만 사람들의 가슴 속에 숨어 있는 소원을 드러내주지 않는다면, 만약 보다 아름다운 사상을 사람들에게 가르쳐주지 않는다면, 만약 오늘 실망하고 있는 사람들에게 또 내일이 있다는 것을 알려주지 않는다면, 시가 무엇을 위한 것이란 말인가?" —(애청)

## 1

사랑하는 친구, 최성수 시인의 다섯 번째 시집『물골, 그 집』을 여러 번 읽었다. 약간의 과장을 보태면 내 시집을 낼 때보다도 더 많이 읽었다. 시집을 읽으면서 계속 내 머릿속을 떠나지 않았던 장면이 하나 있다. 최성수가 자신의 에스엔에스 담벼락에 올렸던, 눈 수술을 하고 나서 무시무시한 안대를 끼고 찍은 사진이다. 최성수는 아프다. 몸이 아픈지는 꽤 오래됐다. 여러 가지 병을 조금씩 앓고 있지만 그 중 당뇨가 가장 심하다. 당뇨는 다 아는 것처럼 후유증이 무서운데, 최성수는 그 후유증이 눈과 신장으로 왔다. 낮에만 간신히 운전이 가능하고 밤에는 운전할 수 없다. 최성수는 아주 오래전부터 매 끼식사 전에 자신의 배에 자가 주사를 놓는다. 그래야 별 탈 없이 식사를 계속할 수 있다. 아니 살 수 있다. 난 쳐다보기도 어려운데 본인은 오죽할까? 고통도 오래되면 익숙해지나?

처음 발병 했을 때, 의사는 도대체 이유를 모르겠다고 했다. 본인도 역시 전혀 이유를 찾을 수 없었다. 병이라는 게 약간의 예감이 있는 법인데, 갑자기 이유 없이 그를 찾아왔다. 그러나 잘 따지고 보면 이유가 없는 게 아니다. 그의 병은 해직과 함께 왔다. 그것도 해직교사들을 복직시켜 달라는 운동에 앞장섰다가 해직됐다. 그러므로 최성수의 병은 개인의 잘못에서 온 게 아니다. 사회적인 병이다. 다시 말하면 최성수의 병은 '산재'인 것이다. 하기야 이 세상은 우리 아이들을 좀 더 좋은 환경에서 좀 더 좋은 내용으로 좀 더 잘 가르쳐보겠다는 전교조 교사들을 1,500여 명이나 해직시켰고, 그 해직이 부당하다고 복직시켜달라고 한 최성수를 비롯한 교사들 수십 명을 또 해직시켰다. 최성수의 시 「여주」를 어찌 아무 느낌 없이 읽을 수 있겠는가? 하기야 투쟁의 과정에서 이광웅 시인, 정영상 시인, 신용길 시인처럼 죽지는 않았으니 최성수는 그나마 다행스러운 경우인가?


한때 여주에서 늙어가고 싶었다
어린 당나귀 한 마리 벗 삼아
두텁나루에 빈 낚싯대 던져두고
섬강 물살처럼 천천히 흐르고 싶었다
하루 종일 아무도 오지 않는 강원도 산골에서
이제 나는 고집 센 늙은 당나귀 같은 아내와
낚싯대 대신 앞산 그늘이나 바라보며
멍하니 늙어간다
아내는 고집스레 내 병에 좋다는 여주로 만든 음식을 해댄다
여주에 사는 대신 여주를 먹으며
나는 때때로 오래전 가르쳤던 여주란 아이를 떠올리기도
하고
여주 고을처럼 곱게 늙어가는 법을 생각하기도 하지만,
생은 여주의 맛처럼 지독히 쓰고 조금만 상큼할 뿐이다
그저 그 쓴맛을 달게 받아들이며
남은 세월을 견뎌내는 것,
그 끝에는 텅 비어 고운 노을이 남아 있으리라고
나는 믿고 싶은 것이다


올해도 내년에도 여주는 울퉁불퉁 자라다

끝내 곱게 붉어질 것이다

—「여주」 전문


　　최성수는 명퇴 후 그의 고향 강원도 횡성군 안흥면 보리소골
로 내려갔다. 초등학교 5학년 때 떠난 고향을 아픔 몸으로
돌아왔다. 물론 서울살이를 하면서도 방학이나 주말에는 계속
내려와 살았으므로 아무 준비 없이 내려간 건 아니다. 고향
안흥에서 당나귀 같은 아내와 살고 있다. 최성수는 그의 고향
안흥에서 봄을 살았다. 그리고 여름을 살았다. 가을을 살았고,
겨울을 살았다.


　　잘 있거라, 눈부신 새잎의 시간이여
　　숲 아래서 더 깊어지는 그늘의 자리여
　　오래 춥고 잠시 따사로웠던
　　짧은 시절은 이렇게 잠들고 말리니

　　냉이꽃대 단단하게 힘 오르고
　　잡초들 더 굳세게 땅바닥 움켜쥐고 견디는
　　땡볕의 시간이 저기 다가온다

　　피어서 사랑스럽지 않은 꽃이 어디 있으랴
　　봄날에 빛나지 않는 사람이 어디 있으랴

나 또한 그렇게 사랑스럽고 빛났으니

이제는 툭툭 자리를 털고 떠나야 할 때
그러니, 잘 있으라
덧없고 쓸쓸한 시절 또한 잘 있으라

꽃은 지고,
바람은 불고,

이렇게
봄날은 간다

—「봄날은 간다」 전문

딱새 새끼가 알을 깨고 나올 때

백도라지꽃 입 벌리고 햇살 쬘 때

미처 못 뽑은 배추 꽃대 키울 때

골짜기 저 혼자 깊어질 때

— 「여름」 전문

하얗게 서리 내린
아침

마당가 마른 꽃잔디 위에
다람쥐 한 마리 앉아있었다

그 눈빛이 처연했다

한낮엔
지는 잎보다 가벼운 가을 햇살 위를
어린 살모사 한 마리 느리게 지나갔다

징검돌 하나만 한 길을
두어 각 동안 온몸으로 걷던

그의 몸짓이 아련했다

저녁이 되기 전에
서둘러 찾아온 어둠이 길게 눕는
산마을

아무 일도 없었다
아무도 찾아오지 않아
마음이 텅 빈 채 가득했다

짧고 긴
가을날

—「가을 하루」 전문

김장을 하는 동안
찬바람이 불었다

나무도 겨울날 준비를 하는지
제 몸을 말리기 시작한다

떨어진
나무의 살점 하나
마당에 던져놓고 호시탐탐

스며들 기회를 엿보는
겨울

—「나무의 살점을 보다」 전문

그렇게 일 년을 살았고 십 년을 살았다. 그의 고향 안홍은 아침이면 자욱하게 깔리는 안개, 안개를 헤치며 울어대는 새소리가 있고, 그가 직접 심은 잣나무와 낙엽송도 있고, 산짐승들이 넘어오지 못하게 울타리까지 두른 텃밭도 있고, 작은 정자와 정자 옆을 흐르는 시냇물도 있고, 그와 아버지가 함께 가꾸는 계절별로 피는 온갖 꽃이 있고, (그래서 네 번째 시집 이름이 『꽃, 꽃잎』이다) 비닐하우스도 있고, 심지어 표고버섯까지 키우고 있지만, 그래서 그를 가르치고, 그를 치유해주고 있지만 그러나 그의 고향 안홍도 지상낙원은 아니어서 다른 여느 농촌처럼 '시바'라는 욕을 입에 달고 살아도, 욕을 아무리 해봐도 풀리지 않는 농민들의 분노가 있고, 일 년 뼈 빠지게 토마토 농사를 지었으나 한 상자에 칠백팔십칠 원 밖에 안 쳐주는 현실에 절망하는 하우스토마토 농사꾼이 있고, 삼 년 공들여 키운 백도라지 값이 도라지 캐는 품도 안 되는 명록씨가 있고, 그들을 속절없이 지켜볼 수밖에 없는 최성수가 있다. 그래도 어쩌랴. 살아야 할 이유가 있으니 살아야 하고 살아가야 할 이유가 없어도 살아야 한다. 나이 먹고, 살아가고 또 나이 먹는 게 어쩔 수 없는 우리 삶 아닌가? 우리 벌써 '가을 하루 같은' 나이 아닌가.

곰취 네 포기 산비탈에 옮겨 심고,

배추벌레 서너 마리 잡아주고,

늦도록 웃자라는 하우스 안 잡초 몇 포기 뽑아주고,

하루 사이 발갛게 익은 고추 여남은 따 말리고,

빗줄기 오락가락하는 하늘만 바라보다,

어느새 어둑어둑해지는,

가을 하루 같은,

나이

— 「예순」 전문

## 2

최성수는 초등학교 때 고향 안흥을 떠났다. 아버지 등 식구들
과 서울로 올라가서 정착한 곳이 바로 성북동이다. 성북동,
아, 최성수에게 그건 얼마나 다행스런 일인가? 성북동, 서울이
되 서울 같지 않은 곳, 서울에서 아파트가 없는 유일한 동네.

최성수의 제2의 고향 성북동은 강원도 출신 최성수에게는 가장 맞춤한 동네였고, 현재도 서울에서 공동체가 살아있는 동네 중의 하나다. 그러니까 최성수는 강원도 안흥초등학교에 입학해서 서울성북초등학교를 졸업했다. (그의 두 아들도 모두 성북초등학교 출신이다.) '세 살짜리 계단'이 있는 성북동 산 3번지 비탈길은 최성수의 또 하나의 고향이다.

그리운 것은 모두 두고 온 그 마을에 있으니,
성북동 산 3번지 비탈길을 오르면 나는
세월을 거슬러 소년이 된다

서울에 올라와 처음 집을 갖게 된 아버지는
마당 귀퉁이에 작은 화단을 꾸몄다
농부인 아버지의 기억이 담겼던 그 집
삼백만 원에 샀던 무허가 블로크 집에서는
한겨울이면 대접의 물이 꽁꽁 얼었다
세월처럼 바래고 낡아 마침내는 제 몸조차 가누지 못했던
그 집
세 살짜리 계단을 걸어올라 한참 숨이 차야 만날 수 있던
녹슨 철대문과
비가 오는 날이면 청량리역에서 기차의 울음소리가 들려오
던 다락방

한양도성을 마주보며 양지바른 언덕에 옹기종기 모여 있는
그 마을에서
나는 소년이 되고, 청년이 되고, 마침내는 아버지가 되었다
성북동 산 3번지
철거반과 맞서 똥물을 퍼부으며 싸웠던 사람들이 눌러 살던
곳
제 몸을 부숴버린 블로크 대신
새로 벽돌집을 지은 아버지는 담장 아래 장미를 심었다
오월이면 담장을 넘어 늘어지던 장미는
재개발의 광풍을 먹먹하게 바라보고 있을까?
아버지와 함께 심은 향나무도
늙어 숨을 거둔 그 집
집집마다 대추나무 한 그루씩 심어 가을을 맞았던 그 동네
이제 젊은이들은 마을을 떠나 세상으로 나가버리고
나이 든 어른들만 옛 집처럼 늙어가는 곳
3번지를 날던 비둘기가 사라지고 남은 하늘은
오늘도 여전히 청청 눈부시다

　　　　　　　　　—「성북동 산 3번지 그 집」 중에서


　최성수는 지난 2013년 성북동에 오래 살고 있는 동무들과
힘을 모아 마을 잡지 '성북동 사람들의 마을이야기'도 펴냈다.
나도 그 잡지에 '성북동 골목길 기행기'를 기고한 적이 있다.

최성수는 이웃들과 함께 성북동을 사랑하는 주민들의 모임 '성북동천'도 만들었다. 또한 시인, 가수들을 초청해 정기적으로 시 콘서트도 연다. 나도 그 모임에 제일 먼저 초대받아 간 적이 있다. 성북동은 간송미술관, 길상사, 성락원, 심우장, 선잠단지, 최순우 옛집처럼 잘 알려진 곳이 많지만 그것들이 주민들과 따로 떨어져 있는 게 아니라 주민들과 숨결을 같이 하는 곳이다. 그들은 문화재가 문화재인지 모르고 산다. 길을 가다가 쉬고 싶으면 고색창연한 한옥이 카페로 변신한 '산수다향'에 들어가 십전대보탕을 마시거나, 배가 고프면 '디미방'으로 들어가 비지찌개랑 청국장을 먹거나 '생의 뜨거운 국밥 한 숟가락' 뜨면 된다. 커피가 마시고 싶으면 '날아라 코끼리'나 과일카페 '58.4'로 간다. 길상사 공양 갔다가 꽃에 홀려 꽃공양만 하고, 돌아오면서 '해동 꽃 농원'에 들러 꽃 한 송이 사서 집으로 돌아온다. 한복을 맞출 일이 생기면 '혜윰 한복'에 가면 되고 정말 속상한 일이 생겨 낮술 한잔 하고 싶으면 '낮술'에 가면 된다. 성북동의 봄은 영순 씨네 집 매화나무에서 온다. 성북동의 골목은 큰 길에서 마을 끝으로 실핏줄이 되어 흐른다. 그래서 성북동은 공동체가 살아 있는 곳이다. 그가 태어난 고향이 물 맑고 산 깊은 강원도란 점, 그리고 평생을 살았던 곳이 성북동이라는 점, 그리고 자식들은 성북동에 두고 부인과 함께 다시 고향 강원도로 돌아가 살고 있다는 점에서 최성수는 적어도 땅과 관련해서는 복이 참 많은 사람이다.

성북동 북정마을 버스정류장에 붙어 있어 많이 알려졌지만, 탤런트 김남길이 낭송한 게 인터넷에 떠다녀 더 유명해진 시, 어쩌면 성북동이 최성수 시인을 살리고 있는 것이 아니라 최성수 시인이 성북동을 살리고 있는지도 모를 일이다.

천천히 흐르고 싶은 그대여,
북정으로 오라.
낮은 지붕과 좁은 골목이 그대의
발길을 멈추게 하는 곳
삶의 속도에 등 떠밀려
상처 나고 아픈 마음이 거기에서
느릿느릿 아물게 될지니.

넙죽이 식당 앞 길가에 앉아
인스턴트커피나 대낮 막걸리 한잔에도
그대, 더 없이 느긋하고 때 없이 평안하리니.

그저 멍하니 성 아래 사람들의 집과
북한산 자락이 제 몸 누이는 풍경을 보면
살아가는 일이 그리 팍팍한 것만도 아님을
때론 천천히 흐르는 것이
더 행복한 일임을 깨닫게 되리니.

북정이 톡톡

어깨를 두드리는 황홀한 순간을 맛보려면

그대, 천천히 흐르는 북정으로 오라.

　　　　　　　　　　　　　—「북정, 흐르다」 전문

　이 시집의 발문을 쓰기 위해 최성수의 옛 시집들을 꺼내
다시 읽어 보고 있던 지난 4월 24일, '라오스방갈로초등학교를
돕는 모임(방갈모)'의 라오스 현지담당 이사인 김경준 작가가
사진을 몇 장 보내왔다. 동네 사람들이 모두 나와 일을 하고
있는 사진이었다. 드디어 산 위에 받아 놓은 물을 학교까지
끌어오기 위한 공사가 시작됐다. 그동안 아이들의 학용품과
옷가지와 구급약 등은 말할 것도 없고, 학교 담장도 만들어
줬고, 교무실 컴퓨터도, 교장선생님 휴대폰도 사드렸고, 지난겨
울에는 직접 찾아가 학교 건물에 페인트칠도 했지만 이번
사진은 마음속에 색다른 감동이 일어났다. 황간역에서 성황리
에 끝낸 라오스방갈로초등학교 급수 시설 마련을 위한 전시회,
음악회의 여운이 아직 가시지 않아서 그런 건지도 모르겠다.
최성수 시집 얘기하는 자리에서 뜬금없이 방갈로 모임 얘기는
왜 끌어들이느냐고 물을 수 있겠다. 그런데 결코 뜬금없지

않다. 왜냐하면 라오스의 김경준을 내게 처음 소개해 준 사람이
바로 최성수 시인이기 때문이다. 한 사람과의 인연의 힘은
이토록 넓고 크다.

　명말청초 위기의 시대를 대표하는 개혁적 계몽사상가 고염
무는 "만 권의 책을 읽고, 만 리 길을 다녀라讀萬卷書 行萬里路"라고
말한 바 있는데, 최성수는 고염무의 말을 실천하려는 듯 방학만
되면 세상 이곳저곳을 주유했다. 고비, 치앙마이, 둔황, 시안,
투루판, 카라쿨, 집안, 몽골 등을 돌아다녔다. 그는 중국 운남
기행집『구름의 성, 운남』이란 책을 쓰기도 했는데 그가 주로
다닌 곳은 문명의 첨단을 달리는 화려하고 요란한 여행지가
아니라 정반대로 조용하고, 소박하고, 따뜻한 인간의 정이
아직 살아있는 곳들이었다. 그래서 중국에서도 운남성이나
귀주성 같은 소수민족들이 사는 곳이었다. 새벽 미명의 얼하이
호수, 호도협, 차마고도, 샹그릴라, 웬양의 다랑논, 리장 고성
같은 곳들이었다. 베트남의 호이안 작은 이발소, 무이네 수오이
띠엔계곡, 달랏역, 꺼호족 락즈엉 커피마을, 미토섬 같은 곳들이
었다. 그리고 나에게 김경준을 소개해 주었던 라오스의 시판돈,
루앙프라방, 방비엔, 비엔 티엔, 콩로 동굴마을, 탐푸칸 같은
곳들이었다. 탐푸칸은 방비엥에 있는, 블루라군으로 널리 알려
진 곳이다. 최성수는 풍경 속에서도 사람을 본다. 미토섬에
가서는 스물다섯 살 어린 선장이, 왓푸 사원에 가서도 순례자들
을 위해 참파꽃 쌓아 놓는 소녀가 먼저 들어온다. 블루라군에

가서도 마흔 몇 해 전 자신의 누이들을 떠올린다, 최성수에게
여행은 풍경과 아울러 이곳의 우리와 다르지 않은 사람을
찾으러 다니는 길이다.


　　마흔 몇 해 전 내 누이들
　　저기 걸어가네
　　고사리 배추 따위
　　푸성귀 한 망태기 메고
　　새벽시장 어스름에 떨던 아이들


　　비 그친 진흙길을
　　맨발로 돌아가네


　　북쪽 마을에서는 몇 십 마리
　　물소가 얼어 죽었다는
　　갑작스런 추위 속을


　　그 누이들 환하게 웃으며
　　돌아가네


　　등에 멘 망태기에는
　　팔지 못한 푸성귀가

반 넘어나 남았는데

남은 야채도 시린 추위도
그 웃음 지우지 못하네

사십 몇 해 전 십리 길 걸어
오일장 갔던 내 누이들
이제야 돌아오네

—「탐푸칸 가는 길」 전문

## 4

최성수는 교사 시절 그 누구보다도 열심히 학교에서 제자들을 가르쳤고, 또한 전교조 일을 열심히 했다. 해직 결정이 되고 마지막 수업 종이 울리기도 전에 교실을 나오면서 두고 온 아이들이 마음에 걸렸고, 해직된 후 아들 소풍 가는 날 닭장차에 끌려가기도 했고, 아버지가 농사지은 사과를 팔러 친구가 근무하는 학교에 가져가기도 했다. 퇴직금마저 거덜난 통장을 보며 몰래 한숨짓는 아내 옆에서 창문만 바라보기도 했지만 그럼에도 전교조 일 말고 다른 길로 빠지지 않았다. 전교조에서는 김진경 형 등과 함께 교과위원회 등 주로 참교육의 내용을 마련하는 일에 진력했다. 전교조가 만들어지기 전에도 그는 김진호, 김성수 등 성균관대 대학원 국문과 동무들과 함께 문학교육연구회를 만들고 국어교사들을 위한 책을 꾸준히 펴냈다. 문교연에서 내는 책들은 요즘 말로 하면 매우 핫한 책들이었다. 『삶을 위한 문학교육』, 『우리들의 문학교실』 등은 순수문학이라는 미명 하에 서정주, 모윤숙, 노천명 등 '친일파 나부랭이'들의 글만 잔뜩 실어놓은 국어교과서에 철퇴를 가하며 만든 대안교과서였고, 『희망이라는 종이비행기』는 그때만 해도 흔하지 않았던 중고교생들의 글 모음집이었고, 『학교야 학교야 뭐하니』는 학교현실을 풍자한 콩트집이었다. 『다시 읽어야 할 우리 소설』 같은 책도 펴냈다. '문교연'에서 내는 책들은 교과서에 실린 내용을 가르치느라 밤마다 자괴감에 떨었던 나를 비롯한 당시 많은 국어교사들에게 단비 같은 존재였다. 그 중심에 최성수가 있었다. 최성수의 제자들은 일 년에 한 번씩 보리소골에서 일박이일로 엠티를 한다. 이제는 제자들뿐만 아니라 제자들의 자식들까지 데리고 온다. 환갑잔 치도 제자들이 해줬다. 그게 쉬운 일이 아니라는 걸 참 부러운 일이라는 걸, 선생 해본 사람은 다 안다. 이 세상에 일방적인 관계란 없어서 제자들이 선생에게 잘한다면 선생도 제자들에게 잘해주는 무언가가 반드시 있는 것이다. 제자 사랑이 끔찍한 최성수에게 세월호 참사는 말로 형언할 수 없는 충격이었을 것이다.

비가 내려서 하루쯤 빼먹어도 되는 곳,
계단 틈에 핀 민들레 앞에 앉아 있다
한두 시간쯤 늦게 들어가도 되는 곳,
사월 하늘이 너무 푸르러
수업 중 슬그머니 일어나도
선생님 그저 빙그레 웃어주는 곳,
운동장에서 뛰노는 아이들을 위해
어둠조차 천천히 찾아오는 곳,
벚꽃 그늘에 둘이 앉아
지워지지 않을 시간들을 나누는 청춘의 마을

그리워도 돌아오지 마라
지각의 두려움과 공부의 공포
빛나는 젊음을 옥죄는 온갖 제도의 틀을 넘어
이 지독한 대한민국의 21세기로부터
너희들, 더 벗어나거라
우리는 너희들을 지켜내지도 못했고,
너희들의 행복을 지켜보지도 못했으니,
이대로는 돌아오지 마라
더러운 자본과 무모한 권력의 손을 들어준
이 애비 에미의 세대들이 지은 죄로 너희들
꽃 피어 보지도 못하고 지게 했으니

바람이 불어서 하루쯤 빼먹어도 되는,

꽃이 져서 여드레쯤 슬퍼해도 되는,

그곳으로 수학여행 떠난 아이들아

　　　　　　—「수학여행—세월호의 아이들에게」 전문


## 5

지난 4월 6일, 최성수가 깃들어 살고 있는 그의 고향 횡성군 안흥면 보리소골에 다녀왔다. 횡성까지는 평창 올림픽 이후 KTX 강릉선이 생겨 청량리역에서 한 시간 정도밖에 걸리지 않았다. 생각해 보니 최성수는 출판기념회 등의 내 개인적인 행사에 거의 개근을 했는데, 다른 친구들은 거의 다녀간 그의 고향에 나만 뒤늦게 찾아가려니 조금 미안했다. '운동장해장국' 집에서 내장탕으로 점심을 먹고 카페 '커피행성'에 가서 커피를 마셨다. 최성수를 따라다니다 보니 여기가 성북동인가, 하는 착각에 잠시 빠졌다. '운동장해장국' 사장님은 몹시 친절했고, 카페 한쪽에 주인이 직접 선정해 놓은 책이 꽂혀 있는 샵인샵 형태의 서점 겸 카페 '커피행성'은 카페라기보다 이미 횡성의 문화공간이었다. 최성수가 그런 곳만 찾아다니는 건지 아니면 최성수가 살고 있는 곳마다 그런 곳을 만들어 놓은 것인지는 잘 모를 일이었다. 보리소골로 들어가기 전에 안흥면 소재지

농협마트에 들러 아버님 드릴 백세주를 한 병 샀고, 그 유명한 안흥 찐빵도 샀다. 그의 아내가 만들어 준 저녁밥을 맛있게 먹었다. 특히 도토리묵을 맛있게 먹었는데 아내의 말에 의하면 친구 오면 준다고 몇 시간을 저어서 만들었다고 했다. 저녁상을 물리고 가져간 시 원고를 꺼내 들었다. 최성수는 물을 마시고 나는 맥주를 마시며 번갈아 시를 하나씩 낭송했다. 최성수의 집은 동네 맨 끝집, 산 아래 첫 집이라 내가 사용하는 전화기는 터지지도 않았고, 최성수가 수십 년 전에 심어 놓은 낙엽송들의 검은 그림자만 밤새 우리를 감싸고 있었다. 보리소골의 봄밤은 깊어만 갔고, 그의 두 번째 시집『작은 바람 하나로 시작된 우리 사랑은』의 발문에 나오는 얘기가 생각났다. 일생의 꿈이 뭐냐는 친구의 질문에 최성수는 이렇게 대답했다. "글쎄 내 꿈은 고향인 횡성에 내려가서 말이야, 양지바르고 조용한 산기슭에 집을 한 채 짓고 농사를 지으며 시를 쓰며 사는 거야. 가끔 시를 쓰는 친구들이나 후배들이 오면 함께 지내면서 시를 짓고 문학과 인생을 이야기하는 그런 집을 하나 갖고 싶어."

최성수는 꿈을 이루기 위해서 노력했고, 지금 그의 꿈대로 살고 있구나, 생각하니 비록 그의 몸은 아프지만 그가 잠시 부러웠다. 최성수와 나는 같은 출판사에서 책을 많이 냈다. 그것도 신생출판사. 그래서 우리는 친구 아닌가? 최성수는 평생 부지런히 나를 찾아왔고 나는 게으르게 최성수를 찾아다

넜다. 그래서 우리는 친구 아닌가? 최성수는 입버릇처럼 말한다. 사람은 살아온 깊이만큼 말할 뿐이라고. 시와 삶 모두 더 넓고 깊어지고 싶다고. 또 자주 말한다. 시보다 사람이 먼저라고. 그의 모든 말에 동의한다. 그래서 우리는 친구 아닌가? 최성수와 나는 좋아하는 여행지가 거의 같다. 그가 다녀온 곳을 나도 거의 다 가봤다. 그래서 우리는 친구 아닌가? 그러면 됐다. 이제 함께 늙어갈 일만 남았다. 그러면 됐다. 다만, 이제 그와 더 이상 술 한잔 함께 기울일 수 없음에 대해 통탄하고 또 통탄한다. 그것이 세상과 싸우다 얻은 병이라 더 속상하고 속상하다. 라오스의 그 유명한 비어 라오 예찬시를 쓸 정도로 맥주를 좋아했던 최성수 본인은 얼마나 더 비탄스러울 것인가?

라오스에 가면 '비어 라오'를 마셔야 해요
체코 기술로 만들었다지만,
비어 라오에서는 라오스의 내음이 나요

잔에 얼음 몇 덩이를 넣고
가득 라오 비어를 따라요

느릿느릿한 라오스 사람처럼
잠시 숨을 고르고 기다려야 해요

한 이삼 분쯤

그 시간

한 생이 지나가고

참파꽃이 피었다 지고

길을 걷던 소녀가 자라 아가씨가 돼요


그리곤 단숨에 잔을 비워야 해요

여전히 얼음 조각은 잔에 남고

머리끝까지 찌를 듯 살아나는

영혼


라오스에 가면 꼭

'비어 라오'를 마실 거예요


먼 땅에 홀로 남아

천천히 그 시간들을 마실 거예요

—「비어 라오」 전문

ⓒ 최성수, 2019

# 물골, 그 집

초판 1쇄 발행 2019년 07월 01일

지은이 최성수
펴낸이 조기조
펴낸곳 도서출판 b

등록 2003년 2월 24일 제2006-000054호
주소 08772 서울시 관악구 난곡로 288 남진빌딩 302호
전화 02-6293-7070(대) 팩시밀리 02-6293-8080
홈페이지 b-book.co.kr 이메일 bbooks@naver.com

ISBN 979-11-89898-04-5  03810

값_10,000원

* 이 책은 강원도, 강원문화재단의 후원으로 발간되었습니다.
* 이 책 내용의 일부 또는 전부를 재사용하려면 저작권자와
  도서출판 b 양측의 동의를 얻어야 합니다.
* 잘못된 책은 교환해 드립니다.